Amor y nostalgia

Eliuder Frometa Estévez

ISBN 979-8-89243-426-3 (tapa blanda)
ISBN 979-8-89243-427-0 (digital)

Christian Faith Publishing
832 Park Avenue
Meadville, PA 16335
www.christianfaithpublishing.com

Impreso en los Estados Unidos

Índice

Contents

a ti

Aun no sé, no te veo, pero te siento muy hondo.
Leves latidos, leve revoloteo de suaves, pero firmes, manos.
Es largo y, a la vez, tan corto el tiempo de esperarte.
Joven semilla de mi ser, pedazo de mi alma tan maravilloso,
ángel de luz que llena todo mi corazón, llenando mi espacio sombrío.
Nada queda sin tu rayo de multicolor cantar, que va dando
dirección a este joven, que no tiene más orgullo, ni tendrá
recuerdo más grande de tenerte entre sus brazos, mi pequeñuelo.
O acaso existe placer más inmenso que mirarme en tus
      pequeños ojos.
Manos firmes tendrás en tu lento andar, brazos tiernos para abrazarte,
ojos y voz que guiarán tu espíritu, mi valiente príncipe, tú que
invades mi ser y mi vida, tú que eres mi mundo y mi todo.
Sonríe, llora, canta y tropieza, pero no te detengas, anda y ve.
Estaré ahí… ahí donde tú me necesites, mi más hermoso tesoro.
Solo quiero hacerme viejo a tu lado y que Dios bendiga nuestros días.

Aniversario

¡Ah! Amor… amor… tu sonrisa.
¡Qué dicha verte sonreír, mi amor!
Hace tiempo, un día de esos que quedan,
un día lleno de recuerdos,
en tus ojos me miré.
Fue tan lindo tu mirar
que yo de ti me enamoré.
No te digo algo bonito, más si algo sincero.
Mi cariño es infinito y mi amor es verdadero.
Y por ser infinito y verdadero, yo por ti muero.
Muero por volver a verte sonreír.
Cuando estás a mi lado y llueve,
y todo está oscuro y frío; no temo,
no extraño al sol, ni su calor,
porque a mi corazón lo llena tu sonrisa,
esa por la que yo muero.

Anniversary

Ah! Love…love…your smile.
What a joy to see you smile, my love!
A long time ago, one of those days that remain,
a day full of memories,
I looked at your eyes.
Your look was so beautiful
that I fell in love with you.
I don't tell you something nice, more if something sincere.
My affection is infinite and my love is true.
And for being infinite and true, I die for you.
I'm dying to see you smile again.
When you are by my side and it rains,
and everything is dark and cold, I'm not afraid
I don't miss the sun, nor its heat,
because my heart is filled with your smile,
the one for which I die.

Madre

Te doy las cristalinas lluvias de mayo,
de las flores su colorido perfume,
el brillo inmenso de la noche estrellada,
el canto de las aves batidas por el viento.
Te doy el resplandor del sol en un amanecer tardío,
la frescura de la hierba mojada por el rocío,
el ocaso de un atardecer joven,
la fuerza del relampaguear de una noche de tormenta.
Te doy mis besos y mis abrazos de niño feliz,
pues nada es tan hondo y mágico
como la dicha de ser madre…
Por eso…
Te regalo todo eso y más, porque tienes
el amor de quien no te olvidará.

Mother

I give you the crystalline rains of May,
of the flowers her colorful perfume,
the immense brilliance of the starry night,
the song of birds beaten by the wind.
I give you the glow of the sun in a late dawn,
the freshness of dew-wet grass,
the sunset of a young sunset,
the force of lightning on a stormy night.
I give you my kisses and my happy child hugs,
well nothing is so deep and magical
like the joy of being a mother…
That's why…
I give you all that and more because you have
the love of who will not forget you.

A su merced

La cuestión no es amar para vivir,
sino vivir para amarte,
entregarme sin medida en cada caricia,
morir divinamente después de besarte.
La cuestión es llegar a quererte tanto,
que hasta mis piernas se muevan
cuando tú quieras caminar,
y así poder viajar sin rumbo y sin hora de regreso.
Lo que quiero no es vivir preso,
aunque me gustaría ser prisionero de tu amor.
La cuestión es que mi razón no puede con mi nerviosismo.
La cuestión es que, aquí mismo,
me rindo ante tu corazón.

At Your Mercy

The question is not to love to live,
but live to love you,
give myself without measure in each caress,
die divinely after kissing you.
The question is getting to love you so much,
that even my legs move
when you want to walk,
and thus be able to travel aimlessly and without a return time.
What I want is not to live in prison,
Although I would like to be a prisoner of your love.
The point is that my reason cannot with my nervousness.
The point is that right here,
I surrender to your heart.

Cosas del amor

No sé qué dulce verdad tuvo la vida
que supo ponerme en tu camino,
pues, el sueño que llegaba tarde
se hizo realidad.
Y si algún día tu amor me faltara
mi amor sería un vagabundo,
un peregrino que viaja sin luz
por los senderos tristes de un amor perdido
que no lleva vida, que no lleva destino.
Y si a pesar de todo la vida nos une,
si tú eres feliz, también yo lo seré,
pues, son felices nuestras almas,
que dicen amarse por toda la vida.

Things of Love

I don't know how sweet truth life had
who knew how to put me in your way,
well, the dream that was late
it came true.
And if one day your love is missing
My love would be a vagabond,
a pilgrim who travels without light
through the sad paths of a lost love
that does not carry life, that does not carry destiny.
And if despite everything life unites us,
if you are happy, I will be too,
well, our souls are happy,
they say they love each other for life.

Dulce desvelo

Tu recuerdo me invade en esta noche de soledad,
donde solo la luna conspira con suspiros de quebrantos,
y así pasa el tiempo, yo buscándote en un montón de estrellas.
La nostalgia se une a este corazón sollozo, porque esta noche honda,
ella no está conmigo.
Una estrella fugaz cruza el cielo, lanzo un deseo
y la gravedad desliza una lágrima por mi mejilla.
Cierro los ojos para traerte a mi lado, tocar el aroma de tu piel.
Extiendo mi mano, se desvanece tu cuerpo, porque esta noche honda,
ella no está conmigo.
Me sorprende el amanecer con trinos de primavera,
ha pasado la larga espera, pero cuanto añoro la noche
para volver a verte, mujer desconocida,
soñar que me das el amor puro y hondo, porque esta noche,
ella no estará conmigo.

Sweet Wakefulness

Your memory invades me on this lonely night,
where only the moon conspires with broken sighs,
and that's how time goes by, I'm looking for you in a bunch of stars.
Nostalgia joins this sobbing heart because this deep night,
she is not with me.
A shooting star crosses the sky, I cast a wish
and gravity slides a tear down my cheek.
I close my eyes, to bring you to my side, to touch the aroma
    of your skin.
I extend my hand, your body fades, because this deep night,
she is not with me.
The dawn surprises me with spring trills,
the long wait has passed, but how much I miss the night
to see you again, unknown woman,
to dream that you give me pure and deep love, because tonight,
she won't be with me.

Elegía de un amor lejano

Quizás algún día te diga cuánto te amo,
que necesito tu calor para abrigar mi alma,
que preciso el néctar de tu cuerpo para alimentar mis deseos,
que mi camino lo alumbren el brillo de tus ojos.
Quizás un día te diga que adoro tu ser, entregándome a ti,
que tus manos son mi más firme consuelo,
que mis lágrimas tu cuerpo bañen endulzando tus labios,
que estás, sin estar, pero estás presente.
Y el lazo divino ata nuestras almas en un baile genuino.
Tal vez con el tiempo me embriague del dulzor de tus besos,
y tu voz me lleve a ese mundo infinito del silencio,
donde, quizá, te diga que te amo por toda la eternidad,
y roce tus cabellos deslizándome hasta lo más hondo de tus deseos.
Tal vez te diga que te amo, pero mi voz no será lo mismo.
En cambio, mis ojos te dirán cuán necesario es tu aliento,
que da luz, paz y vida a este cuerpo cada vez más tuyo.
Tal vez te lo diga, o quizá no, prefiero que lo descubras;
que sin ti me muero.

Elegy of a Distant Love

Maybe one day I'll tell you how much I love you,
what do I need your warmth to shelter my soul,
I need the nectar of your body to feed my desires,
may my path be illuminated by the brightness of your eyes.
Maybe one day I will tell you that I adore your being,
    giving myself to you,
that your hands are my firmest consolation,
let my tears bathe your body sweetening your lips,
that you are, without being, but you are present.
And the divine bond binds our souls in a genuine dance.
Maybe with time I'll get drunk on the sweetness of your kisses,
and your voice takes me to that infinite world of silence,
where, maybe, I will tell you that I love you for all eternity,
and brush your hair sliding to the depths of your desires.
Maybe I'll tell you that I love you, but my voice won't be the same.
Instead, my eyes will tell you how necessary your breath is,
that gives light, peace, and life to this body that is increasingly yours.
Maybe I'll tell you, or maybe not, I'd rather you find out;
that without you I die.

Inalcanzable

Si yo pudiera librar esta pena
que me está quemando el alma.
Si tan solo pudiese verte sonreír entre mis brazos
y sentir latir mi corazón marchito, sería feliz…
Estás tan lejos que no puedo escucharte,
quiero mirarte y no puedo.
¡Qué destino más cruel me reservó la vida!
Quiero tenerte y no puedo.
No puedo sentir tu piel por temor a perderte por siempre.
Siento pena de este triste corazón,
sin tu amor mi vida es un castigo,
y olvidarte no puedo, porque amarte es mi vida.
Odiarte no puedo, mi vida es amarte.
¿Qué más da alcanzar el cielo, tocar las estrellas?
Es efímera la dicha de tenerte, pues con otro amor
mi dolor crece, con otros labios quedo en el olvido.
Sería feliz si no te hubiese conocido.
Mi alma no se contenta con haberte perdido.

Unreachable

If I could free this penalty
that is burning my soul.
If only I could see you smile in my arms
and feel my withered heartbeat, I would be happy…
You're so far away that I can't hear you,
I want to look at you and I can't.
What a cruel fate life has reserved for me!
I want to have you and I can't.
I can't feel your skin for fear of losing you forever.
I feel sorry for this sad heart,
without your love my life is a punishment,
and I can't forget you, because loving you is my life.
I can't hate you, my life is to love you.
What does it matter to reach the sky, touch the stars?
The joy of having you is ephemeral, because with another love
my pain grows, with other lips I am forgotten.
I would be happy if I hadn't met you.
My soul is not content with having lost you.

Luna

Compañera de las almas errantes,
a ti canto mi llanto, tú que entiendes
mi alma trémula y sola.
Tú, compañera de mis noches de hastío,
compañera de mis sueños y anhelos;
a ti te imploro, astro celestial,
acompáñame en esta soledad.
Tú y yo, yo y tú, en este largo camino.
Compañera de mi más profundo sentir,
cómplice de mis besos y mis lágrimas;
cobíjame bajo tu manto místico y eterno.
A ti lanzo mis más recónditos deseos.
Compañera lujuriosa de enigmática belleza,
abraza mi lecho, ilumina mis ojos.
A ti me entrego como un ser nocturno
para beber del néctar de tu ambrosía.
Compañera de los amores imposibles;
ámame como yo te amo esta noche,
más inmensa y honda sin estrellas
y, en un cálido y travieso beso, te llegue mi voz.
Compañera de los navegantes furtivos,
hacia ti voy como hoja que se desprende del árbol.
Yo voy a ti, como tú a mí; como brisa del mar,
como aromas de flores y lluvia primaveral.
Compañera de mi amor callado,
tú que comprendes mi sufrir y dolor,
tú que en lo alto estás, no me dejes;
ámame en silencio con sabor a eternidad.

Moon

Companion of wandering souls,
To you I sing my cry, you who understand
my tremulous and lonely soul.
You, companion of my nights of boredom,
companion of my dreams and desires;
to you I implore, celestial star,
accompany me in this loneliness.
You and me, me and you, on this long road.
Companion of my deepest feelings,
accomplice of my kisses and my tears;
cover me under your mystical and eternal mantle.
To you I throw my deepest wishes.
Lustful partner of enigmatic beauty,
embrace my bed, light up my eyes.
I give myself to you like a nocturnal being
to drink the nectar of your ambrosia.
Companion of impossible loves;
love me like I love you tonight,
more immense and deep without stars
and, in a warm and naughty kiss, my voice reaches you.
Poacher's companion
Towards you I go like a leaf that detaches from the tree.
I go to you, like you to me, like a sea breeze,
like aromas of flowers and spring rain.
Companion of my silent love,
you who understand my suffering and pain,
you who are high up, do not leave me;
love me in silence with a taste of eternity.

Mi estrella

Anoche soñé, soñé con una estrella;
la noche era oscura, sentí miedo.
Alcé la vista y ahí estabas,
la estrella más radiante, la más bella.
Anoche soñé, soñé con una estrella;
la soledad y las tinieblas se fueron.
Miré al cielo y ahí estabas,
la estrella más brillante, la más clara.
Anoche soñé, soñé con una estrella;
la brisa helaba mi cuerpo, sentí frío.
Levanté mis brazos y ahí estabas,
la estrella más hermosa, la más honda.
Anoche soñé, soñé con una estrella;
de mi alma una lágrima brotó
y un lamento; como eco, se disipó,
y en el espacio vacío mi voz rugió;
la estrella más sublime, la más lejana.
Anoche soñé, soñé con una estrella;
con mis manos te busqué en el aire,
respiré tu aliento, sentí tu calor,
y en un abrazo infinito, ahí estabas tú.
Anoche soñé, soñé contigo, mi amor.

My Star

Last night I dreamed, I dreamed of a star;
the night was dark, I felt fear.
I looked up and there you were,
the most radiant star, the most beautiful.
Last night I dreamed, I dreamed of a star;
loneliness and darkness are gone.
I looked at the sky and there you were,
the brightest star, the clearest.
Last night I dreamed, I dreamed of a star;
the breeze chilled my body, I felt cold.
I raised my arms and there you were,
the most beautiful star, the deepest.
Last night I dreamed, I dreamed of a star;
from my soul a tear flowed
and a lament; like an echo, dissipated,
and in the empty space my voice roared;
the most sublime star, the most distant.
Last night I dreamed, I dreamed of a star;
with my hands I looked for you in the air,
I breathed your breath, I felt your warmth,
and in an infinite hug, there you were.
Last night I dreamed, I dreamed of you, my love.

Mi verdad

Soñar; solo con tu abrazo de gigante podré soñar.
La noche es inmensa y en sus pasillos me lanzo a andar,
cabalgo en las ondas de tu sonrisa, impulsado por tu dulce mirar.
Nada importa… nada importa ya.
Dulces son tus cálidos besos y bálsamo tus alegres manos,
infinito es el placer de tomarlas entre las mías.
Remedio para una larga jornada…
¡Oh, tus ojos! Tus ojos me desnudan el alma,
me colman de luz mi alma trémula.
Pirata de mis pensamientos, ladronzuelo de mis sueños,
me debo a ti, voy en tu búsqueda, te oigo respirar,
te siento andar.
¡Espérame! Encuéntrame en los pasillos del sueño.
Ahí… donde nada importa,
nada más existe, todo, absolutamente todo,
lo invades con tu bella presencia, no me despiertes…
Así no te me alejarás. ¡Déjame así!
Aunque dormir,
ya nunca más podré dormir… pero soy feliz.

My Truth

To dream, only with your giant hug I will be able to dream.
The night is immense and in its corridors I start to walk,
I ride on the waves of your smile, driven by your sweet look.
Nothing matters…nothing matters anymore.
Sweet are your warm kisses and balm your happy hands,
infinite is the pleasure of taking them between mine.
Remedy for a long day…
Oh, your eyes! Your eyes bare my soul,
they fill my tremulous soul with light.
Pirate of my thoughts, thief of my dreams,
I owe myself to you, I go in search of you, I hear you breathe,
I feel you walk.
Wait for me! Meet me in the corridors of sleep.
There…where nothing matters,
nothing else exists, everything, absolutely everything,
you invade it with your beautiful presence, don't wake me up…
So you won't walk away from me. Leave me like this!
Even though sleep,
I will never be able to sleep again…but I am happy.

Mujer especial

Como señal semidifusa me llega tu sonrisa.
Mi alma viaja en la oscuridad de este mundo gris.
A lo lejos vislumbro tu rostro lleno de luz,
lleno de amor, cantos y alegrías.
Hacia ti voy, hacia ti viaja mi corazón,
siento tu respiración, enciendes en mi pecho,
el fuego infinito del amor… te siento…
desnudas mi alma; llenas el vacío.
Tu presencia, tu esencia y fragancia
se apodera de este ser como un amanecer
colmado de luz y esperanzas nuevas
de un futuro mágico en el amor.
Eres primavera en mi alma, toda tú,
tu sonrisa es canto, colores y olores
que despiertan y realzan mi espíritu,
con tus besos danzar al compás del corazón.
No me sueltes, no me alejes, mujer,
mujer única, guárdame en tu pecho,
no me prives de tus brazos, abrázame
con sabor a eternidad, que yo seré para ti, mujer especial.
Mujer especial.

Especial Woman

As a semidiffuse signal your smile reaches me.
My soul travels in the darkness of this gray world.
In the distance I glimpse your face full of light,
full of love, songs and joys.
Towards you I go, towards you my heart travels,
I feel your breath, you light up in my chest,
the infinite fire of love…I feel you…
you bare my soul; you fill the void.
Your presence, your scent and fragrance
seizes this being like a sunrise
full of light and new hopes
of a magical future in love.
You are spring in my soul, all of you
your smile is singing, colors and smells
that awaken and enhance my spirit,
with your kisses dance to the compass of the heart.
Don't let me go, don't push me away, woman,
unique woman, keep me in your chest,
don't deprive me of your arms, hug me
with a taste of eternity, that I will be for you, especial woman.
Especial woman.

No quería quererte

Quería que pasaras,
usarte como algo
que se desecha luego;
un cigarro, un abrigo,
la camisa, el pañuelo o
un buen par de zapatos,
un poco de dinero.
No quería quererte,
yo quería que fueras
algo así como un viaje
de ida y regreso.
No quería quererte,
yo quería curarme
de todas las heridas
que ya me habían hecho,
besarte una noche
y tocarte el cabello,
y pagarte con pesos
el favor que me has hecho.
No quería quererte
y ya te estoy queriendo.
Quería librarme
y ya me tienes preso.
Ahora solo me falta;
para sufrir de nuevo,
que te vayas temprano,
que me escondas tus besos,
que no des importancia
a los recuerdos nuestros.
Ahora solo me falta;
para morir de nuevo,
que me dejes mañana,
que se acabó lo nuestro.

I Did Not Want to Love You

I wanted you to come by,
use you as something
what is discarded later;
a cigarette, a coat,
the shirt, scarf or
a good pair of shoes,
a little bit of money.
I didn't want to love you,
I wanted you to go
something like a trip
round trip.
I didn't want to love you,
I wanted to heal
of all the wounds
that they had already done to me,
kiss you one night
and touch your hair,
and pay you with pesos
the favor you have done me.
I didn't want to love you
and I'm already loving you.
I wanted to get rid
and you already have me prisoner.
Now I only need;
to suffer again,
that you leave early,
that you hide your kisses from me,
that you do not give importance
to our memories.
Now I only need;
to die again,
leave me tomorrow,
that ours is over.

Nostalgia

Estoy perdido sin saber qué camino me trajo hasta aquí.
Estoy vencido y será mi destino sufrir hasta el fin.
Siento aquí, en mi pecho, el remordimiento de mi padecer,
pues, me duele el alma y vivo con la angustia de mi dolor.
Anoche me sentí tan solo y perdido
porque tú no estabas junto a mí,
y mis recuerdos están llenos de ti.
Basta cerrar los ojos para encontrarte.
Te esperaré un año, dos o tres, o tal vez toda una eternidad,
porque lo que siento por ti no tiene tiempo, se llama amor,
pues de ti aprendí a querer con el alma,
sin orgullo ni vanidad, a amar hondamente.
Nunca podré olvidarte, estás en todas partes
como algo inaccesible, como algo infinito;
y porque mi corazón es tuyo.

Nostalgia

I am lost without knowing which path brought me here.
I am defeated and it will be my destiny to suffer until the end.
I feel here, in my chest, the remorse of my suffering,
well, my soul hurts and I live with the anguish of my pain.
Last night I felt so alone and lost
because you were not with me,
and my memories are full of you.
Just close your eyes to find you
I'll wait for you a year, two or three, or maybe an eternity,
because what I feel for you has no time, is called love.
well from you I learned to love with my soul,
without pride nor vanity, to love deeply.
I can never forget you, you are everywhere
like something inaccessible, like something infinite;
and because my heart is yours.

Por siempre

Llévame donde pueda decirte que te amo,
gritar abiertamente al viento,
allí donde no lo juzguen profano
y se goce de placer infinito,
por siempre.
Qué importa el sendero, qué importa el camino
de piedra o pantano, ni las vueltas que de por tu amor;
con tormenta o en calma, de igual modo seré feliz
sí de la mano juntos vamos,
por siempre.
Ya no habrá noches oscuras, ni densas tinieblas,
la felicidad es nuestra bandera, nuestra conquista,
no habrá invierno gris, solo primaveras,
seremos uno tú y yo, yo y tú,
por siempre.
Cuando el vuelo del tiempo nos llegue,
y las rosas se marchiten porque sí,
encenderás una vela al amor,
a este amor que vive en ti y en mí,
por siempre.

Forever

Take me where I can tell you that I love you,
shout openly to the wind,
there where they do not judge it profane
and enjoy infinite pleasure,
forever.
What matters the path, what matters the way
of stone or swamp, nor the turns that it gives for your love;
with storm or calm, in the same way I will be happy
if hand in hand together we go,
forever.
There will no longer be dark nights, nor dense darkness,
happiness is our flag, our conquest,
there will be no gray winter, only spring,
we will be one you and me, me and you,
forever.
When the flight of time comes to us,
and the roses wither because yes,
you will light a candle to love,
to this love that lives in you and me,
forever.

Quisiera

Quisiera estar a solas contigo
para olvidarme del tiempo y de todo,
sentir sed, beber de tus labios hasta embriagarme,
y juntos ver el amanecer como si no hubiese otro.
Quisiera protegerte de todo lo malo;
cual delicada flor batida por el viento,
entregarte todo el cariño que hay en mí,
llenar tu copa rota con este amor limpio y puro.
Quisiera secar tus lágrimas con mis labios
bajo el misterioso y hechizante brillo de la luna,
abrazarte y, en mi pecho, halles la paz,
y en un suspiro hondo, rasgar el velo de las estrellas.
Quisiera ser náufrago en tu isla desconocida,
amarnos a la orilla de la playa, al compás de las olas,
sumergirnos en un mar de pasiones, de caricias miles,
danzar a la luz de la fogata, al compás de nuestros corazones.
Quisiera no despertar nunca de este sueño loco,
loco sin ti y por ti, no alejarme de tus brazos,
besos y abrazos; en ellos decirte que te amo.
Y te amo… solo que no te conozco.

I'd Like

I would like to be alone with you
to forget about time and everything,
feel thirsty, drink from your lips until I get drunk,
and together watch the sunrise as if there were no other.
I would like to protect you from everything bad;
like a delicate flower blown by the wind,
give you all the love that is in me,
fill your broken cup with this clean and pure love.
I would like to dry your tears with my lips
under the mysterious and bewitching moonlight,
hug you and, in my chest, you find peace,
and in a deep breath, tear the veil of the stars.
I would like to be shipwrecked on your unknown island,
love each other on the shore of the beach, to the beat of the waves,
submerge ourselves in a sea of passions, of thousands of caresses,
dance by light from the campfire, to the beat of our hearts.
I would like to never wake up from this crazy dream,
crazy without you and for you, not get away from your arms,
kisses and hugs, in them tell you that I love you.
And I love you…I just don't know you.

Sin ti

Sin tu amor, sin tu cariño, sin tus besos
no soy nada, vida mía, estoy incompleto.
En ti encontré la alegría y la razón de mi ser.
Jamás podré, ni querré, olvidarte,
porque en mi pecho por siempre te quedaste.
Sembraste el fruto del querer y el néctar de tu piel
y ni siquiera la muerte podrá de aquí alejarte.
Nuestro amor divino y celestial,
unido por mágico lazo de la aurora boreal.
No me alcanza la dicha de tenerte,
no pienso en el destino,
porque, amor, mi destino eres tú.
Mi libertad son las alas de tu alma,
tus besos son mi abrigo perfecto.
Nada tiene sentido sin tu amor,
el mundo es gris sin ti, amor… sin ti.

Without You

Without your love, without your affection, without your kisses
I am nothing, my life, I am incomplete.
In you I found joy and the reason for my being.
I will never be able or want to forget you,
because in my chest you stayed forever.
You sowed the fruit of love and the nectar of your skin
and not even death can take you away from here.
Our divine and heavenly love,
united by the magical bond of the aurora borealis.
The joy of having you is not enough for me,
I don't think about destiny,
because, love, my destiny is you.
My freedom is the wings of your soul,
your kisses are my perfect coat.
Nothing makes sense without your love,
the world is gray without you, love…without you.

Solo tú

Amada mía, llega el invierno,
todo comienza a perder color
para teñirse de gris.
Rózame con tus labios, esos rojos
y cálidos, esos que busco
sin un fin, sin un propósito…
Cariño, las hojas de los árboles caen
bajo la suave brisa invernal del atardecer.
Rózame con tus manos para llegar a ti
como esa hoja, y en tus brazos temblar
sin un fin ni un propósito…
Amada, afuera una llovizna fina se desliza
helando los corazones.
Rózame con tus labios
para que mis besos puedan
cantarte en las mañanas,
sin un fin, sin un propósito…
Cariño cae la noche, se hielan los corazones.
Rózame con tus cabellos y abrázame fuerte
a tu pecho, y sentir tu alma y juntos fundirnos
con la magia del amor infinito,
con pasión desbordada,
sin un fin, sin un propósito…
El invierno es largo, quédate cerca,
yo seré tu sol y tu mi primavera,
yo te daré luz y calor,
tú llenarás de colores y trinos el viento
con el fin y el propósito
de amarnos por toda la vida.

Only You

My darling, winter is coming,
everything begins to lose color
to be dyed grey.
Touch me with your lips, those red
and warm, those that I look for
without an end, without a purpose…
Baby, the leaves on the trees are falling
under the soft winter breeze of the evening.
Touch me with your hands to reach you
like that leaf, and in your arms tremble
without an end nor a purpose…
Beloved, outside a fine drizzle slides
chilling hearts.
Touch me with your lips
so that my kisses can
sing to you in the morning,
without an end, without a purpose…
Honey, night falls, hearts freeze.
Touch me with your hair and hold me tight
to your chest, and feel your soul and melt together
with the magic of infinite love,
with overflowing passion,
without an end, without a purpose…
Winter is long, stay close,
I will be your sun and you my spring,
I will give you light and heat,
you will fill the wind with colors and trills
with the end and the purpose
to love each other for life.

Tus manos

Tu ternura, tu belleza, tu debilidad
tu confianza, tu sonrisa y tu llanto;
dámelos en un instante.
Tu valor, tu altivez, tu alabanza
tu amistad, tu sinceridad y tu amor;
dámelos en un momento.
Tú no dejes que pase un instante más.
No, no dejes que pase un momento
sin sentir el calor de tus manos.
Toma las mías y, en este momento,
justo en este instante, estrechémoslas
por siempre, tú que eres mi reina y mi todo.

Your Hands

Your tenderness, your beauty, your weakness
your trust, your smile and your crying;
give them to me in an instant.
Your courage, your haughtiness, your praise
your friendship, your sincerity and your love;
give them to me in a moment.
You do not let a moment pass more.
No, don't let a moment pass
without feeling the warmth of your hands.
Take mine and, right now,
just right now, let's shake it
forever, you who are my queen and my everything.

Agradecimientos

Quiero agradecer a toda mi familia, pues son la base de todo lo que soy; gracias por su amor y apoyo. Agradezco a mis amigos del barrio y a los que, luego, fui conociendo a lo largo de este período; gracias por regalarme su mayor tesoro, su tiempo y amistad.

Gracias a Dios por permitirme ser parte de ustedes y estar. Muchas bendiciones, los quiero.

Que el amor y la buena fe siempre los acompañe.

Thanks

I want to thank all my family because they are the basis of everything I am. Thank you for your love and support. I thank my friends in the neighborhood and those I later met throughout this period. Thank you for giving me your greatest treasure: your time and friendship.

I thank God for allowing me to be part of you and be there. I love you. Many blessings.

May love and good faith always accompany you.

Eliuder Frometa Estévez.

9 798889 243426 3